泰山挑山工纪事

冯骥才 著

作家出版社

目录

与一座名山的情缘

（序言）

在人生的几十年里，我登过各地各处乃至各国的大山小山名山不止数百座，许多山之美之奇之独特令我惊叹、迷醉、印象殊深；然而它们都与泰山不同，泰山是与我纠结着的一座山。它绝不只是风光卓然地竖立我的面前，而好像原本就在我的世界里。

为什么？是因为它那种我天性崇尚的阳刚精神？它那种最具中华文化气质的"五岳独尊"的形象？还是它是我母系家乡的风物——母亲家乡的一切总是早早地就潜在血液里了……不知道，反正我有那么多诗歌、散文、绘画，以及文化事件乃至人生故事都与泰山密切关联一起。

　　我深信一个人能与一座堪称"国山"的名山如此结缘，是一种少有的福分。为此我将自己与泰山的各种因缘，整理成一本档案化的小书。档案留给我自己，书献给泰山，还有尊敬的读者。如果读者由此书深化了一层与泰山的关系，那便是我的最美好的期望了。

　　且作序。

甲午元月元宵日于沽上心居

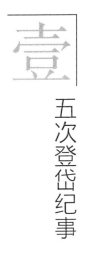

壹

五次登岱纪事

1·初识挑山工

　　初登泰山的情景如今已经化作一团烟雾，因为中间相隔了四十余载，然而一些记忆碎片却像一幅幅画在岁久年深的烟雾里忽隐忽现。

　　那年我二十二岁，正处在一种向往着挺身弄险的年龄。一天，在老画家溥佐先生家里学画，溥先生忽对我们几位师兄弟说："跟我去泰山写生吗？"先生胖胖的脸充满兴致。那年代难有机会登山，我和几位师兄弟更没去过泰山——这样的天下名山，便立刻呼应同往。行前的几天兴奋得夜里闭不上眼，还跑到文具店买了一个绿帆布面的大画夹，背在背上，把自己武装成一个"艺术青年"。

　　泰山对我有种天生的魅力，这可能来自姥姥那里。姥姥家在济宁，外祖父在京做武官，解甲后还乡，泰山是常去游玩的地方。姥姥好读书，常对我讲到泰山的景物和传说。那时家中还有几张挺大的"蛋白"照片，上面是1922年外祖父与康有为结伴游泰山的情景。照片里母亲那年五岁，还是一个梳着一双抓鬏的活泼好看的小姑娘。背景的山水已叫我领略到五岳之宗的博大与尊贵。

记得那次在泰安下了车，隔着一大片山野就是泰山。远看就像谁用巨笔蘸着绿色、蓝色、混着墨色在眼前天幕上涂出一片屏障似的崇山峻岭。待走进山里，层层叠叠，幽窅深邃，蜿蜒的石径把我带进各种优美的景色里。那时没有相机，我掏出小本子东画西画，不知不觉就与溥先生和几个师兄弟都跑散了。

那次，我们好像坐着夜车由天津来到泰安的，火车很慢，中间经过许多小站。德州站的记忆很深，车到站一停，没见月台上的小贩，就见一只只焦黄、油亮、喷着香味的烧鸡给一张张纸托进车窗。当然，我们没有钱买烧鸡吃，我口袋里仅有的三十块钱有一半还是向妻子（那时是女朋友）借的呢；我只能在山脚下买些煮鸡蛋和大饼塞进背包，带到山上吃。我还记得坐在经石峪刻满经文的石头上，一边吃大饼卷鸡蛋，一边趴下来喝着冰凉的溪水，一边看着那些刻在石头上巨大而神奇的字。还记得一脚踩空，掉到一个很大的草木丛生的石头缝里，半天才爬出来。我想当时的样子一定很狼狈。

在这陌生的山上走着走着，就走入姥姥讲过的泰山故事里。比方斗母宫，它真像姥姥讲的是座尼姑庵。里里外外收拾得幽雅洁静，松影竹影处处可见，坐在回廊上可以听见隐藏在深谷里层层绿树下边的泉响。还有一种刚刚砍伐的碧绿的竹杖修长挺直，十分可爱。姥姥多次提到斗母宫的青竹杖，可惜姥姥已不在世，不然我一定会带给她一根。

再有便是回马岭。姥姥当年对我说："登泰山到回马岭，山势变得陡峭，骑马上不去，所以叫回马岭。你外祖父属马，当年到这里不肯再登，没过两年人就没了。你也属马，将来要是到回马岭一定要上去。"于是那次穿过回马岭的石头牌坊时，是一口气跑上去的。

我一路上最重要的事当然是写生。我在山里写生时，完全不知上边的山还有多高路有多长，到了中天门，见溥佐先生已经到达，坐在道边一家店前边喝茶歇憩边等候我们，待人会齐一同登朝阳洞，上十八盘。那个时代，没有旅游，上山多是求神拜佛的香客；种种风物传说都是从山民嘴里说出来的，也都是山民深信不疑的。我在小店里买到一本乾隆年间刊印的线装小书《泰山道里记》，版味十足，软软厚厚的一卷拿在手里很舒服，低头看看书中记载的古时的泰山风物，抬头瞧瞧眼前的景物，对照古今，颇有情味。那时没有真正的旅游业，这是唯一的一本堪作导游的小书了。我也不知道山上小店里怎么会有这么古老的书卖。比起当今已陷入旅游市场里被疯狂"发掘"和"弘扬"的泰山，那时才是真正的原生态。这一次种种感受与见闻都被我记录在后来所写文章《十八盘图题记》《泰山题刻记》《挑山工》和《傲徕峰的启示》中了。

那次登山还很浪漫。在十八盘中间有个小小的方形的琉璃瓦顶的古屋，名唤"对松亭"，里边空无一物，只有粉墙。溥佐先生忽然兴致，拿出笔墨在墙上画起画来，我们几个师兄弟也跟着在壁上"涂鸦"，我还题一首诗在壁上：

已尽十万八千阶，

天门犹在半天中。

好汉不做回步计，

直上苍穹索清风。

现在读来，犹感那时年少，血气贲张，心有豪情。

诗中"清风"二字，源自李白《游泰山诗》中的"天门一长啸，万里清风来"。

待登上南天门，还真的使出全身的气力来，呼啸一声，然而天门四外寥廓，没有回音，声音刚喊出口，便即刻消失在空气里。

那次登岱还识得一种特殊的人就是挑山工。一个人，全凭肩膀和腰腿的力气，再加一根扁担，挑上百斤的货物，从山底登着高高的台阶，一直挑到高在云端的山顶。而且，天天如此。这是一种怎样的人？

虽然我和他们不曾交流，甚至由于他们低头挑货行路，无法看清他们的模样，但是他们留在了我的心里。成为二十年后我写《挑山工》的缘起。

至于那次写生收获最大的，乃是对我所学习的宋代北宗山水的技法有了深切的认识。泰山岩石的苍劲，雄浑，以及刀刻斧砍般的肌理都使我找到了宋人范宽、董源、李唐和马远的北宗技法（大斧劈皴和钉头鼠尾皴）的生命印证。泰山的大气更注入了我"胸中的丘壑"。

头次登岱，目的在于绘画，收获却何止于绘画？

癸卯1963年赴泰山写生时
的模样 当时踌躇满志
想成就大庭广众 路平

首次登岱自画像

泰山道里记

水墨写生（1963）

1907年法国汉学家沙畹拍摄的挑山工

这张照片是上世纪二十年代拍的，我初入泰山是六十年代，但情景全然一样

十八盘上的对松亭（1930）

2 · 山中半月记

1976 年春天我在天津工艺美术工人大学教书,学员都是各个工艺美术厂的美术设计。我任教国画山水和绘画史,一天我和教授工笔花鸟画的周俊鹤老师商量,决定带着学生去山东上写生课。我们计划由周老师先带着学生去鲁南的牡丹之乡菏泽上写生花卉课,同时我到泰山采景,等候学生画完牡丹来泰山,接着上写生山水课。我去过泰山,知道中天门一带下为快活三里,上为云步桥、御帐坪、五大夫松和朝阳洞,此处山重水复,怪石嶙峋,林木葳蕤,景象多变,十分适合写生。所以我这次进山后便径直上山,直抵中天门住下来。中天门位居山腰,正好是上山路程的一半,因而是香客、游者和挑山工的歇脚处。自然就有几家小饭铺、茶摊和客店。也有一些世居在此的山民,这些山民住着一种就地取材的泥石小屋,有的在路边,有的在大树横斜的山坡上。我下榻的是一座大队建造的两层砖砌的小旅舍,正好可以作为过几天从菏泽来写生的学生们的伴房。

在等候学生的那几天，一边在山中画写生，一边采景备课。这便以中天门为圆心，往山上山下山前山后赏寻景色，探幽寻奇，捕捉好的画境。每到一处，见到一奇松、一怪石、一古寺、一先人题刻，不但驻足观赏，还要向山民寻问其中的典故。山民一说，原来处处皆有动听的传说。比方经石峪那一大片刻在光光的山石上的大字经文。山民说这是唐僧取经路过这里时，猪八戒身笨腿拙，一脚踩滑栽倒，把肩挑的经文掉在溪水中。唐僧气得火冒三丈。孙猴出主意，将湿淋淋的经文纸一张张揭开，放在石头上晒，待晒干揭下来时，经文竟在石头上留下了这神奇又深凹的字迹。由此叫我得知泰山人文的深厚。

记得一次随同盘道转来转去，见一古庙，庙门紧锁，翻墙而入，院内大树垂下的古藤有如巨帘，拨开沉重的藤条，却见庙内异常肃穆冷寂，仔细看，殿内塑像东倒西歪，全被打翻，应是"文革"初之所为，然而一种历史的苍凉令我震栗。我没相机，只能用画笔将它记下来。

那时，山上没电话，我与菏泽方面周老师的联系只能依靠信件。信写好，托付给挑山工带下去，扔进泰安的邮筒；菏泽方面的信到了，也都是由挑山工带上来。从信中得知在菏泽画牡丹的学生受困于连日的大雨，不能按时过来。我就安心在山上画画、等候，由此便与挑山工有了进一步的接触。

这些汉子虽然大多沉默寡言，却如这大山一样纯朴、真实、踏实和可信。在他们几乎永远在重复着的缓缓而吃力的动作中，我读出一种持久、坚韧与非凡的意志。后来我写散文《挑山工》中那个黑黝黝、穿红背心的汉子，就是这次在山里遇到的。比起别的挑山工，他好像稍稍活泼一些，与我有一些无言的交流，也给我一种唯挑山工才能给予我的启示。

在我从当年的写生的速写本中，还能看到挑山工的影子呢。

在山里爬上爬下时，我还常常会碰到一间摧毁的小庙，或遗弃在山坡上砸碎的碑石的碎块，碎块上的文字还有寺庙和一些建筑的名字。这些都是"文革"暴力的遗物，现在想，"文革"对泰山的破坏应是历史上最为暴烈与惨重的。南天门门楼后边的那座关帝庙像被炸掉似的，只剩下断壁残垣，唯有一块嵌墙的石碑上线刻的关公的画像完好地幸存着，线条精美而流畅，叫我十分痛惜和珍爱。我磨墨展纸，费了很大的劲，把它拓了下来。成为我那次登岱一个"重大"的收获。

此外，还有一件小事留在记忆里。一天写生回来，天色已晚，见到中天门石坊下坐着两位老年妇女，一看就知是到山顶碧霞祠还愿，下山到了这里时，天黑路黑，无法到山下边了。可她们是穷人，没钱住店。四月的山里夜间很冷，总不能叫她们在这儿坐一夜。我在这里的小旅店已住多日，与管理员混熟了，有时晚上还一起喝酒聊天，便去与旅店的管理员说能不能帮助一下这两位老人。山里的人都很厚道，同意两位老妇在旅店里免费住一宿。第二天两老妇走时，对我吭吭半天，没说一个字来，我知道她们想说"谢"字却说不出来，但这个说不出来的"谢"字比说出来的"谢"字大得多。她们便从山边折一枝鲜黄的迎春给了我。这礼物带不回来，却叫我记得山里人的情真意切与淳朴可爱。

我还记得那天站在中天门的山口，等着学生们到来的情景。那条上来的山道特别陡。我足足等了两个小时，忽听一片连喊带叫、爬山爬得个个红头涨脸的年轻人从下边上来了。

我和学生们在山里画了五天，下山时，还有一件事印象很深——我遇到一个女挑山工。我问过许多人，包括泰山的人都说没见过女挑山工，却叫我遇到了。

我住在中天门这半个月里，捡到几块好看的泰山石。泰山石很重，但这种泰山特有的石头绿底白花，很特别，便决心带回去。我把石头塞进背包。离开中天门时信心满满，以为自己能背回去，可是才走过快活三里就肩酸腿软，力气不济。

这时，见到道边树下站着一个三十多岁女子，方脸宽肩，模样憨厚，脸蛋红红，眼睛很亮，手执一根扁担，上边缠着绳子。她问我要不要她来挑。我说你挑不动，她笑了笑上来把我的背包行囊挑起来，说也没说便向山下走去。她走起来生龙活虎，扁担随着步伐一颤一颤很带劲，而且一直走在我前头。待到泰安车站，我离她至少半里远。她把我的东西撂在地上，使块毛巾擦汗，脸儿似乎更红。她只找我要四角钱，我说："我这包里有石头，太重了，给你五角吧。"她笑着说："俺知道是石头。"那笑，好像笑话我自己喜欢石头却叫别人受累，使我挺尴尬。

我带回很多写生稿回来。然而四个月后唐山大地震，我家房倒屋塌，画稿损失大半。第一次登岱的画稿多半毁于"文革"抄家，第二次登岱的画稿大半毁于地震。也正为此，两次劫后幸存的几页泰山画稿，一直被我视如昔日的老照片珍藏着；还有那本古版的《泰山道里记》，时不时拿出来翻翻。

云步桥旧照，景色今日依然（1930）

"文革"间泰山遗存受到猛烈摧残

云步桥一带（速写　1976）

3·陪母亲上极顶

1989年是我悲伤的一年。父亲辞世，母亲不能自拔，必须由我们兄弟姐妹帮她渡过难关。我想过并用过各种办法，都不能拂去母亲脸上浓重的愁云。当年十月我在天津艺术博物馆举办画展，不少文艺界好友由北京来津祝贺。母亲露出难得笑容，这使我决定用画展——外出各地巡回画展来扭转母亲的心境。所选择外出的第一站便是母亲的家乡山东。画展在山东省美术馆举行，然后陪母亲经泰山、曲阜、孟县、梁山到济宁。母亲出生济宁，在济南长大。这一带山山水水都在母亲童少年的记忆里。唯独这段记忆中没有父亲——父亲母亲是青年时期在天津认识的；而且，母亲自1936年来到天津之后就再没有回到过家乡。我想让母亲进入时空隧道里，以摆脱现实的悲痛。

经过精心准备，画展在济南热热闹闹开幕。先陪母亲看过昔时生活过的魏公庄，重游大明湖，跟着到达泰安。这一年母亲七十六岁，此时上山已有缆车，可先乘汽车到中天门，再换坐缆车直抵南天门。我们一行人便陪着母亲到南天门后，经由天街上极顶。天街也是一段不短的路，有高高矮矮的石阶，有的坡度很陡，母亲竟不觉累，兴致颇高。我说："待您到了山顶上，我要给您发奖。"母亲仿佛明白我的意思，身上更生一股劲，一路看景观景说说笑笑，居然到达极顶。碧霞元君祠的张道长知我母亲七十多高龄，居然登上极顶，特意陪母亲交谈良久。张道长对我说："你陪老母上山很好，老人上一次泰山，对自己身体的信心会增加百倍。"我便把一枚写着"我登上泰山"的纪念章作为"奖品"别在母亲胸前。一位朋友还把母亲此刻洋洋自得的神气拍摄了下来。

张道长的话不错。由此我们一路南行，游览颇多，母亲神采奕奕。在孔庙中行走竟有"如飞"之感，面上已经毫无先前的那种愁云了。因使我对泰山感到惊讶——只有泰山能给我母亲如同新生一般神奇的力量。

我感谢泰山。

这次登山我发现，我写的《挑山工》有了效应。这散文是1981年写的，最初发表在《散文》杂志上；1982年进入教材，到了这时已有八年。而我上山的路上，多次见到一些小学生与挑山工合影，有的孩子认出我，还和我合影。我发现孩子们看挑山工的眼神不是好奇，而是敬佩。这不是我写《挑山工》时所期望的吗？

由此，我感到我和泰山的关系非同一般了。

在天街上

那一次在泰山上，我五十岁

仰视挑山工

和泰安小学学生们交谈

关于《挑山工》的明信片

4·泰山给我金钥匙

第四次登岱的缘由是我不曾想到的，就是因为我上边说的那篇散文——《挑山工》。

前边说了，这篇散文写于 1981 年，正是我写作的鼎盛期。那年我写了七十万字，有点发狂。大概那时我最需要挑山工背重百斤、着力攀登的精神。散文发表出来不久，就被选入教材中。由是而下，直至今日。不少孩子学过此文，便去泰山看挑山工，就像那年陪母亲登岱所遇到的情形。据 1996 年泰安政府调查，当时近两亿中国人在课本上读过这篇散文。没想到我与中国一座名山竟有如此深刻的缘分。泰安市政府决定授我为"荣誉市民"，赠一把声称可以"打开"这座世界名山的金钥匙给我。

在授我"荣誉市民"的仪式上，我接受了煌煌夺目的金钥匙，并以"荣誉市民"名义回赠一幅《泰山挑山工图》给泰安市政府；还在与泰安小学生见面时，为孩子们写下"爱我泰山"四个字，随后便第四次登岱。

金钥匙

荣获泰安"荣誉市民"之称

由于上次是从中天门上山，这次决定由中天门步行下山。重温一下昔日在山腰以下画画时美好的记忆。我们一行人——几位好友、妻子、学生一同乘车到中天门，然而沿路而下，这才感受到"上山不如下山难"的滋味。虽是下山，每一步同样都要踩实，以防翻滚而落，由此想到我的人生。

这一路上逢胜景必观之，遇题刻自读之。学生怕我累，代我背着相机；妻子担心我口渴——我有消渴症，一直拿着一瓶水跟在我身后。我常常会指着某一山坳，某一深谷，某一树石，某一老屋，说起先前登山作画时难忘的情景，惹起一阵怀旧的情怀，也会被某一野店的消失不在唏嘘不已。这些感觉不是很像回到自己的故乡了吗？于是在红门、一天门以及斗母宫前——拍照留念，并和路遇的挑山工殊觉亲切地合了影。最令我惊喜的是在斗母宫前发现仍有小店出售那种姥姥提到过的青竹杖。这次选了一根，竹皮青碧光亮，竹竿挺直峻拔，回去后用墨笔题记，请擅长雕刻的友人刻上。

同行朋友笑道："看你到了这山，好像回到你的老家。"

我说："有了金钥匙更可随叫回来，不用再敲门了，用钥匙一拧就进来。"

又到回马岭

　　可是，此后不久便开始投入城市历史保护和民间文化抢救，经年累月各地跑，竟然无暇再来登岱。然而巍巍泰山包括挑山工的影子并没有在心中被淡漠。可是一次听说当今在泰山难见到挑山工了，还有一个说法——"最后一代挑山工"，十分牵动我的心。怎么会"最后一代"？时代变化得太剧烈，连挑山工也濒危了，这是真的吗？我想，我该抓紧时间专门去泰山访一访挑山工了。

5 · 寻访「最后一代的挑山工」

这次登岱纯粹是为了挑山工。

都是缘自挑山工日渐减少的讯息一次次传来。还有一次与一位刚刚游过泰山的朋友聊天，当我向他询问关于挑山工的见闻时，他竟然说："挑山工？没有见到挑山工呀。"

于是抢在今年入九之前赶往泰山，寻访"最后一代挑山工"。这次事先的工作准备得好，联系到两位真正的"老泰山"。一位是中天门索道运营的负责人葛遵瑞。当年他主持泰山索道修建时，所有重型钢铁构件都是挑山工连背带抬搬上去的，这位负责人对挑山工知之甚深。一位是学者型泰山管理者刘慧，他有过几部关于泰山历史文化的研究著作，学术功力相当不错，还身兼泰山文博研究员。这两位老泰山为我的安排很专业。分三步，先在山下对两位老挑山工做口述，再到中天门路上去看"泰山中天门货运站"，从那里也可了解到当今挑山工的一些生活状况。最后到中天门对另两位正在"当职"的中年挑山工做口述调查。

这样的安排既全面又有层次，能使我不长时间便能抓住我所关心问题的要害。我真要感谢这两位长期工作在山上的主人。

我的口述调查很顺利，也很充分。我已将这次登岱最重要的内容写在长篇的《泰山挑山工口述史》中了。

口述完成后，天色尚好，幸运的是这天的天气不冷。西斜的太阳照在苍老嶙峋的山岩上发红发暖，山谷一些松柏依旧苍翠。如果只盯着这松柏看，就像还在夏日里。我想既然人在山中不能不到山顶，可是如今我腿脚的力量不比年轻时，已经爬不动十八盘了，便乘缆车到南天门，一路景物都在不断与记忆重合，无论是天门左边巨石那"果然似我"四个豪气张扬的题刻，还是关帝庙前那块嵌墙的珍罕的石刻关公像，都是五十年前打动我的，至今未忘，再次看到，如见故人般的亲切。

在天街一侧，头一次看到我题写的石刻泉名"万福泉"，亦亲切，又欣然。我拉着妻子在这个地方留个影——我喜欢这个泉名：万福，这两个字可以把你对所有事情美好的祈望都放在里边。

然而，我还是更留意挑山工的生态。此次在山上，不论从南天门向十八盘俯望，还是站在岱宗坊前向天街仰望，竟然未见一位挑山工。是由于他们是晌后收工了，还是真的已然日渐稀少？一种忧虑和苍凉感袭上心头。这正是这些年来那种抢救中华文化常有的情感，竟然已经落到挑山工的身上。谁与我有此同样的感受？于是我和泰山博物馆馆长刘慧先生谈论到建立"泰山博物馆"的话题了。

说到博物馆里的文物，刘慧对我说，他给我找到一件挑山工的文物——一根真正挑山工使用过的扁担。这扁担就是我头天的口述对象老挑山工宋庆明的，他使用了一辈子，决定送给我作为纪念。

我和刘慧都喜欢做博物馆，好似天性能从历史的证物中感受历史的真切。同时，感受到刘慧动人的心意，还有老挑山工朴实的情意。

我已经将这两端带着铁尖、几十年里磨得光溜溜的扁担立在我的书房的一角。它不是一个过去生活的遗物，而是一个昂然、苍劲又珍贵的历史生命。凡历史的生命都是永恒的。

临行时，我送给泰山管委会一幅字，以表达我对泰山几乎一生的敬意：

岱宗立天地，由来万古尊。

称雄不称霸，乃我中华魂。

赠给泰山的题诗

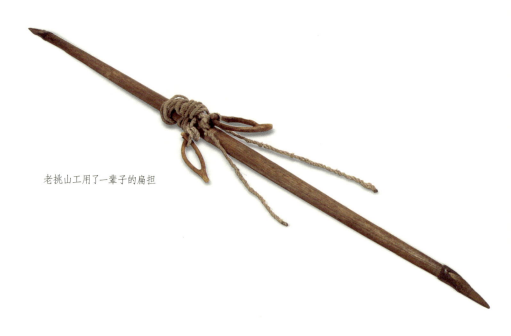

老挑山工用了一辈子的扁担

挑山工扁担的绳扣

南天门后的关公石刻像

贰

泰山挑山工口述史

泰山挑山工口述史

今年十月待我将"当代社会与传统生活"与一个盛大的津门皇会展结束停当，即赴泰安寻访挑山工。由于泰山方面主人为我尽心安排，我会与几位挑山工见面，还将到山里观察了解挑山工的生活现状，这就免去我因寻找挑山工而费时费力。我便着力准备访谈的问题与方式，其方式当然是我擅长的口述史调查方式。

我说主人为我的"尽心安排"，是他们帮我所找的挑山工，其中几位是从泰安周边山村里请来的老挑山工，皆已撂挑不干，我将在山下与他们见面。此外还有几位仍在山上，如今依然在肩担着沉重的货物，在盘道上上下下，我将在中天门做那几位挑山工的口述。

于是，我做好计划，把此次各处调查的重点确定好。一、在山下见老挑山工，重点发掘他们的记忆史，还有职业经验、习俗和内心世界等；二、在山上去看挑山工的生活区，主要是了解挑山工的现状；三、在山上见现在"当职"的挑山工，其要点是去观察新一代挑山工的濒危状况和深层的原因。

口述的最大快乐是意外的发现与收获。我会将这些发现写在如下的口述调查中。

这里，应当说明我此次口述的调查与整理的方式与理念。由于口述的环境、条件和调查对象的不同，调查方式也应不同，应是"一对一"的调查方式和整理方式。口述调查绝不同于记者访谈。口述调查没有热点，排斥新闻性，不能一问一答。口述调查是一边呈现一边记录历史，追寻本质，关键是人，注重细节，所以口述调查的基础更应具有"聊天"的意味，与口述对象一同进入记忆空间与历史情境。决不功利地为最后的口述成果而调查。

为此，我将两位陪同我的主人也列入调查范畴。他们是当今泰山景区的主要管理者，也是专家——刘慧先生和葛遵瑞先生，他们虽不是泰山挑山工，不是亲历者，却是挑山工最直接的见证者，他们的口述极具价值。这样，在口述整理中，我采用集体口述方式，即一种相互交谈式的口述；在材料整理时，采用拆解与重组。这里所谓的重组，没有任何虚构和我的添加，所有材料都使用口述的原始材料。其目的是删除重复与枝枝蔓蔓，将驳杂与错综的交谈内容理清并逻辑化，这是此次口述所采用的调查方式与整理的方式。

历史上关于泰山挑山工没有专文记载，没有文献可考。可是挑山工一直是泰山特有的一种人，也是一种生活与人文。既是历史的，也是现实的；历史应当厘清，现实应当面对。这便是此次口述的目的。

说明

调查文本的人名为求简便，易于识别，我本人只用第一称的"我"字；口述者用代称。文本上对口述者的姓名、年龄、身份等皆有说明。

与老挑山工在一起

1·老挑山工口述

导语

经主人努力寻找，使我终于见到两位老挑山工。他们虽已撂挑多年，人在村里，但都是干了一辈子，是终生的挑山工。

在小天庭旅舍的待客室见到他们时，给我一印象是两个人身材都矮矮的，并不强壮，长年风吹日晒面部黝黑苍劲，站立的双腿坚实有力，但神情有点木讷和抑郁，默默寡欢。我忽然想，几次登岱，很少见过体魄魁梧的挑山工，这样的体型与性情，是不是整整一生一直在沉重的扁担下压成的？

再一位胖胖的中年男子，四四方方的脸盘给一件鲜蓝的外套一衬，显得光鲜红润。经主人介绍，这位男子原先也是挑山工，现在是泰山挑山工队的队长。这"挑山工队"现在实际上已是个人承包的包工队，队长就是包工头，负责揽活、谈价、组织挑山工干活、安排住处和发工资。如今山中的包工队不止一个，山下、山上（中天门）和山顶都有，这个队在山下。

口述就这么开始了：

口述者

主人
（刘慧，57岁，泰山管委会副主任，文博研究馆员）

（葛遵瑞，50岁，中天门索道运营中心副主任）

挑甲
（宋庆明，70岁，曾做挑山工36年，济南长清区万德镇房家庄人）

挑乙
（金玉友，60岁，曾做挑山工30年，济南长清区万德镇房家庄人）

队长
（房群泽，47岁，现泰山挑山工队队长）

正文

◎·缘起

我：泰山真有灵气。今天早晨上网，看到《中华泰山网》发了一条消息，说要"寻找冯骥才画中的挑山工"。他们不知道我已来到泰山，也在找你们，而且已经找到了。听说你们已经不干"挑山"了？

挑乙：我六十，今年头几个月不挑了。

挑甲：我三四年不挑了，我七十，属猴。

我：我属马，比你大两岁，你为什么前三四年就不挑了？

挑甲：挑不了了，年龄大了。

我：现在干什么呢，在家歇着？

挑甲：我现在在"老防"，防火线，不是护林防火嘛，在树林里待着。

我：你们是当地人吗？

挑甲：我俩都是房家庄的，桃花峪那边。

我：在泰山干挑山工的当地的人多吗？

主人：不多了。过去可能多，现在旅游热了，靠着山捣红营，好赚钱，很少再干这种苦活。挑山工大都来自远处比较偏、比较穷的地方，徂徕山、化马湾、巴山地区，到这儿来干活儿赚钱。但是干挑山工必须是山民，整天翻山越岭，不怕走山路，平原人干不了这个。

我：你们打多大岁数就挑了？

挑甲：我二十五六。

挑乙：我二十来岁。

我：我三十多年前带学生来画画，在山里待了半个多月，整天山上山下跑，那时说不定碰上过你们呢。我和老宋（挑甲）都是三十岁出头呀。你们挑哪条线？

挑甲：最早没索道，也没公路，上山就一条路，走大盘。从红门上，中天门是中点，再上十八盘，到玉皇顶。

◎ · 路途

我：路有多长？

挑甲：从红门到中天门就是12里。

挑乙：它不是平地，是石头磴，一步一磴。

我：能准确说泰山从山底到山顶究竟多少磴？我读过《泰山道里记》，说4000多阶。

主人：原先资料是6600阶。1995年我们认真数过一次，是6811。怎么数的？四五个人一起登台阶，每人都数，每段路碰一次数，发现错误重走重数。石磴高低不同，只要高出一公分算一磴。所以说，1995年的6811绝对准确。可是，2000年重修盘道时增加了，现在是7800阶。

我： 十八盘多少阶？

主人： 572阶。

我： 最陡莫过十八盘了吧，中天门下边一段好像也很陡，有点直上直下的感觉。

主人： 最陡一个十二盘之上，一个是回马岭，也是和挑山工他们最较劲的地方。

我： 老金，你一般挑多重？

挑乙： 年轻那会儿一百一，一百二。

挑甲： 我最轻一百一，最沉的一百二、一百三，一般都是这重量。

我： 你们干了三十多年，见没见过力气特别大的。

队长： 有，黄家营人，叫刘老全，他能徒手把三块大石头摞起来。别人挑一百斤，他那时挑二百还过一点。这人没了。

我： 长得魁梧吗？山东大汉？像武松？

队长： 不，个子矮。

挑甲： 个子矮好挑。

◎·生活

我： 这么长的山道，你们中间歇几次？

挑甲： 分四趟。从红门上来，到东门口放放，到回马岭放放，再到中天门歇歇，就上山顶了。

我： 一天下来很累了，用什么法儿缓缓筋骨。

挑甲： 全剩下睡觉，累得慌。

我： 不烫烫脚，活活血脉？

挑甲： 烫脚？小火炉上的水都不够喝的，顶多上河里洗洗。

我： 喝酒解乏吗？

挑乙： 有喝的，舍不得喝。

我： 习惯吃什么？

挑乙： 煎饼，掺棒子面，两掺和的。

我： 一天全是煎饼？

挑乙： 天亮从红门走之前，先吃饱了。带着煎饼，到中天门再吃，晚上的一顿回到山下边吃。

我： 吃得多吗？

挑甲： 我吃三斤。

我： 总得带水吧？

挑甲： 要带水，装那个水葫芦。走之前喝足，不能随便喝，到山顶没了。

我： 煎饼里卷什么菜？

挑乙： 咸菜、胡萝卜、大葱、酱豆腐。

挑甲： 逮嘛吃嘛。平常我就两三毛一斤的豆腐，抓一把大盐，吃五六天。

我： 没有肉吗？不吃肉力气从哪儿来？

队长： 呵呵，反正他们没有血糖高血脂高，什么病也没有。

我： 你们平时住在哪儿？

挑甲： 我们那时都住在山下石头棚，现在大都住在中天门。

我： 还是石头棚吗？

挑甲： 还是，祖祖辈辈挑山的在山里一直都住着石头棚。

我： 我明天要去中天门你们的住处看看。挑山工是否是一种职业或者是一种专业？

◎·职业

主人： 你的问题好。挑山工是一种职业，也有很强的专业特点，但人员并不固定。即便有人常年干这个，也是个体，手里一根扁担，有货挑就绑在扁担上，山上山下挑。家里农活儿忙就回去。

我： 农活儿总比这活儿好干，没这么苦这么累。天天要挑着上百斤的东西爬几千磴的大山。

挑乙： 这个钱实惠，是现钱，货挑到了就拿到钱。上外边干活儿去，时间长，钱不放心，他不给你。上山干这个活儿，完事该多少钱就多少钱，他不欠你。

我： 都是哪些人雇你们？

队长： 山上一切吃的用的都是从山下挑上去的，不论是公是私，还有上山来香客带的东西，自己拿不动，就雇人挑。

挑乙： 在山上做买卖的，光做买卖，东西全要交给我们挑。

我： 会不会货挑到了，少给你们钱，赖账？

主人： 自古以来，无论买卖也好，香客也好，见他们靠力气吃饭，不容易，比较同情，钱又不多，一分钱不会少给。

我：赚的钱够养家吗？

挑乙：反正你得省着用，小孩还得上学。

我：什么季节什么天气里活儿最难干？

主人：冬天呵，再下点雨，叫"地皮甲"，最可怕。整个山都一层冰了，你不挑东西，走两步就把你摔倒。

挑乙：那个小霜一下，石头打滑。脚上必得缠草料子。

挑甲：使草绳子缠在鞋外边。

主人：有时没草料子，就买了平安袋套在脚上。

我：管用吗？

挑乙：那个草勒着冰，防它打滑。

我：夏天秋天下雨呢？

挑甲：下雨就得淋着。

我：人和东西全淋着？

挑乙：钢筋、沙石不用盖。水泥得盖，水泥怕水。

挑甲：随身总得带着塑料布，人家的东西不能淋湿。

我：人呢？穿雨衣吗？

挑甲：人淋着。

我：呵！再请教个挑东西的诀窍。我看有两种，一种是把东西挂在绳子上，一种是把东西绑在扁担上，是吗？

挑甲：挂在绳上是系呵。俺是摽，把东西摽结实，要是路远必得摽上。你挑建筑上的瓦片，不摽紧就碎了。

我：我看你们上山多是走"之"字，斜着身走，扁担必得换肩?

挑甲：必换。扁担换在外边肩上。

我：有什么讲究?

挑甲：两手一转。

我：几步一换?

挑甲：走"之"字，走到一头，一反身就换。

挑乙：累得慌就得换。

我：扁担多长? 两米?

挑乙：你说对了，两米左右。

我：泰山的扁担两头有个铁尖，黄山峨眉山没有，这铁尖有什么用?

挑乙：扁担上的铁尖是家里挑柴时插柴火的。在山上挑东西的扁担不是专用的，来山里干活儿就从家里拿来了。

我：扁担是什么木头?

挑乙：一般是杨槐木，桑木也是好木头，给肩膀磨得挺滑，不趄，不发（不累）膀子。

我：扁担下边垫布吗?

挑乙：不垫，布有褶儿，硌得慌。

我：时间长了有茧子?

挑乙：有，那个硬，磨都磨黑了。

我：用什么绳子把东西和扁担摽一起?

挑乙：小麻绳，现在用尼龙绳。摽有技术，摽好了不晃，摽不好一颤忽就给你"哗啦"了。

我：结扣儿有讲究吗？

挑乙：系活扣儿，带鼻儿，一拉就开，可愈走愈结实，俺们不系死扣。

我：这很像帆船上系缆绳的扣儿。什么东西最难挑？

挑乙：10公分左右的瓦片子，还有砖块。

我：挑砖一次多少块？

挑甲：一块5斤，一头12块，两头120斤。下雨就沉了。下雨天少挑几块。

我：加钱吗？

挑甲：按块算，下雨不是人家的事，挑多少给多少，不加钱。

我：一次我见挑西瓜，瓜难挑吧？

挑甲：挑瓜不算难，装袋子里。最难挑鸡蛋，一硌就破。

我：你们在山里挑东西时，有往上的，也有往下的，相互遇着有没有规矩，谁给谁让道？

挑甲：下山让上山的。打上溜的，也分左右，远远给人家让出路来。

我：当初我在朝阳洞一带画画，曾看过一处石刻，三个字"行利它"。这应该就是泰山的文化了。

挑甲：呵呵。

我：你们往上挑东西时不喜欢说话吧。我发现有人和你们说话时，你们很少答话。

挑乙：用力气嘛，一说话就没劲儿了。

挑甲：不愿意说话，喘不匀了。

挑乙：容易分神。上山时，膝盖和脚腕子都吃着劲儿，石头磴高高矮矮，容易伤着。

我：上山的速度有什么讲究？

挑甲：一个劲儿，慢慢上！

◎·内心

我：想问你一个很个人的问题？你干了三十多年"挑山"，这么累，你喜欢这个活儿吗？

挑甲：你不喜欢怎么干这个活儿，没法儿，不愿意挑没钱花。

我：我换个说法，打个比方，如果有个别的活儿和"挑山"挣的钱一样多，比"挑山"省劲，你还愿意干这个活儿吗？

挑甲：我还干这个，这个自由。

我：怎么自由？

挑甲：早早上去，就能早早下来。早起天不热，不热人就不累。要是想多睡，就在棚里睡，晌后头再走。想回家就回家，不愿意回家在这儿干。虽然苦点，时间听自己的。不像在家里干农活儿的，日出而作，日落而息，天天按钟点干。

我：你在山里走，喜欢周围的景吗？

挑甲：天天景一样，不觉得了。

我：遇过什么险事？

挑甲：不会，有老奶奶保佑着。

我：你信泰山娘娘碧霞元君？

挑甲：信。俺上去时常带着纸到大殿里烧，到老奶奶那儿放点钱，没多少，磕完头回来心踏实了，挑山工都讲究这点事。

◎·历史

我：你是泰山的专家，这要请教你了，挑山工的历史有多长？在文献记载中好像很少。

主人：史料记载较多与"山舆"有关，就是山轿与轿夫。明代留下一些关于乘轿登山的诗文。近代冯玉祥也写过同情轿夫的诗。山轿在解放前很流行，蒋介石和宋美龄当年就坐轿上的山。现在泰山没轿夫了，解放后认为坐轿是有钱人剥削抬轿的穷人。可是关于挑山工几乎没有记载。我们泰山博物馆仅收藏着一张民国早期挑山工的照片，外国人拍的，很珍贵。没有更早的史料了。可能过去山区里搬运东西都用扁担挑，没人会去单独地注意他们。

我：挑山工这个概念从哪儿来的？

主人（开玩笑）：从你这儿来的吧。

我：我最早也是从泰山里听到的。

队长：原先这儿叫作"挑挑的"、"挑山的"。

我：当年在泰山我听人称他们是"挑山的工人"，才用"挑山工"这个称谓。我感觉"挑山"两个字浪漫，把山挑起来，要有多么大的力量和气魄，这是一种精神！峨眉山和黄山只是有一个称呼——"挑夫"而已。"挑夫"只是个职业称呼,"挑山"可不是!

队长: 这儿人就这么说,一问谁干吗去了,"挑山去了!"

我: 挑山工有女的吗?

挑甲: 没有,女人干不了这个。

我: 我"文革"时在中天门遇到一个女挑山工,三十来岁,挺有劲儿。

挑甲: 山里的吧,临时想赚两个现钱花,不会常干,女人干不了这个。

我: 挑山工有组织吗?

主人: 私人组织。过去叫包工头,现在老房就干这个,他是"泰山挑山工队"的队长。

我: 历史上也有包工的形式?

主人: 有。比方过去泰山进香很盛,山下有很多香客店,香客上山,人得坐轿,吃的用的东西得往山上挑。民国时山下的旅行社很多,肯定雇挑山工。这些挑山工都是相对有组织的,包工头管。你要来泰山干这个活儿,人生地不熟,肯定找个头。你上姓张的那儿去,我上老李头那儿去,哪儿好去哪儿。

我: 人家有活儿就找包工头?

主人: 和包工头谈好,包工头派人接货送货。一斤运费多少钱都有一定的。

我: 有零散自己干的吗?

挑甲: 有,不多。包工头有石头棚,管住,自己没地方睡。

主人：历史上挑山工最多的时候多少人？

队长：不好说，反正二十世纪八十年代那阵子最多二百多人，听说那是最多的了。

主人：八十年代现代旅游业兴起了。

挑甲：历史上没有过那么大工程。

挑甲：山上要修建各种相应设施，还要修路，真正危险是这种抬纤的时候。抬和挑不一个劲儿。抬是大件，索道的大件、大齿轮、大树、盖房用的滑溜溜的大筋。一个人、几个人干不了。抬大件的时候，横着竖着，几十人抬着，前后二三百米。不能歪，有一个歪了就一大片歪了，伤了多次人。

我：这山道一截截的，转来转去，怎么上？

挑乙：有人喊号子。遇到陡的地方，上面有人拉纤。

我：你们说的抬纤，就是下边有人抬，上边有人拉纤吗？

挑甲：是，拉纤、喊号子、抬东西的必须步调一致。

主人：现在山上一切现代化机械化的东西其实都是人弄上去的，都是挑山工干出来的。可以说，没有挑山工就没有泰山现代化的索道。我们曾试着用两架直升机吊运过建材，东西比较大。在弘德楼一带，风过来，飞机栽下去，幸好人没受伤，但我们清楚了，不用挑山工什么也弄不上去。

挑乙：那年修南天门那边，也是一块板一块板往上扛。

我：现在还有这种工程吗？

主人：应该说中国历史上泰山上最大的工程就那一次，从八十年代起，直到2003年泰山成为世界文化和自然双遗产，严格规定不准再兴建任何建筑，维修也要上报申请。此外，山上有了货运索道，在桃花源那边，挑山工也就用不了那么多了，年年减少。现在山上还剩三四十人吧。

队长：现在人们可以干别的赚钱，不受这个累了。

挑甲：我们小时候在山里放牛放羊，满山遍野跑，从小就和山混在一起，现在牛羊都成批生产了。

主人：现在的挑山工最年轻的已经过45岁。你十年后再来找他们，就不会有真正意义的挑山工了。

队长：可是山上还需要挑山工。索道只能把东西运到货站，但货堆在站里，总得有人往各个景点给用户挑。山上商店、饭馆、办事部门每天都有东西需要人去送，"挑山"这事还是少不了。关键是没人干了！

主人：看来将来只有"重赏之下，必有勇夫"了。

我：有人研究机械代替人工吗？

主人：没听说过。

我：我们的发明很少为人发明，都为赚钱发明。

队长：不过现在有一些山区还很穷，人穷不怕受累，所以还有人肯干。

我：等到有一天没人干了，挑山工从泰山消失了，我们是庆幸还是悲哀？

一天门（1943）

泰山由山下到山顶所有路，都是石阶和盘路

昔日泰山的山轿，1950年后消除了（1912—1913）

最早的一张挑山工的照片（1920）

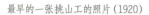

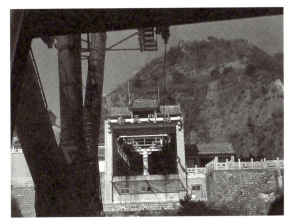

泰山上所有现代化设施都是挑山工用人力搬上去的

二十世纪八十年代泰山修建索道,所有沉重的构件都是挑山工挑上去的

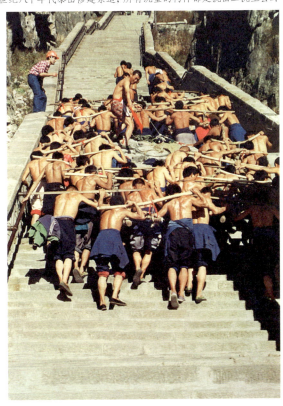

2·泰山挑山工队队长口述

导语

由盘山公路驱车而上，在临近中天门的地方停住，下车一看，一条纵向的溪谷的谷口两边的山坡上，有几间水泥瓦房半隐在林木间。入冬后溪水干涸，木叶扶疏，反倒宁静清幽。这里便是中天门挑山工队所在地，实际也是个货物转运站。从山下由汽车运上来的货物卸在这里，再由挑山工分送各处用户。房屋前的空地堆着一些货物，还有不少从山上挑到这里、待运到山下的成袋的垃圾，花花绿绿扔在周围的草坡与树丛间，与风景不协调。

这几间房屋是队长办公、值班人工作兼住宿的地方，只一间用于挑山工喝水吃饭。队长的办公房虽然简陋，倒还收拾得像样。办公用的桌椅，铺设干净的小床，取暖的铁炉，烧香供拜的金元宝和泰山石；墙上悬挂着几面挑山工曾在山上见义勇为、援救游客而受赠的锦旗。可是，那间挑山工吃饭的小屋却惨不忍睹，用一些石头砖块和木板架起来的条凳与小桌，堆满吃喝用的饭盆、瓷碗、水瓶、酱罐，四周则是垃圾一般的木箱、草筐、纸箱、铁桶和大堆杂色的塑料。一些装在各种袋子里的煎饼、馒头、菜食杂乱不堪地挂在低矮的房梁上，可能是为了防止鼠类偷吃。这便是挑山工干完活儿回来喘息一下、以粗粝的食物填满饥肠饿肚的地方。在这几间房的后边，有些一米多高的石块码成的矮墙，上边盖着油毡、塑料、木板，这大概就是挑山工们所说的他们的住处——石头棚子。

挑山工的真实生活令我震惊。他们并不在贫困线之上。

这支挑山工的队长也是挑山工出身，从挑夫到包工头干了三十年，久不干活儿，身子已经发胖。他开着一辆车，山上山下跑，由于自己是挑山工中间干出来的，毫不回避告诉我挑山工自古以来从未改变过的境况与命运。

因此，他的口述便分外有意义了。

口述者

队长
（赵平江，50岁，泰山中天门挑山工队队长）
主人
（泰山管理者）

正文

我: 队长五十过了吧, 我看你头发花白了, 在这儿干了多少年?

队长: 31年。

我: 你挑过活儿吗? 还是一直干承包?

队长: 挑过挑过。

我: 你这个队是哪年成立的?

队长: 1983年, 那时还没有泰山管委会。

我: 在你们成立之前, 挑山工在山里分散着干吗? 没人管理吗?

队长: 分散着。那时都是生产队管, 给自己干不行, 干了活儿要向生产队交钱, 生产队给他一天两毛补助, 划工分10分。

我: 八十年代你成立这个包工队后不久, 泰山就开始大规模的旅游开发, 大批使用挑山工了。他们都是祖祖辈辈在这山上干活儿的吗?

队长: 也有长辈干这个的, 也有没干过的。都是远近山里的壮劳力。什么地方? 有历城、黄桃村、大汶口乡、黄泉镇、张夏镇, 还有祖徕山那边的。

我: 八九十年代挑山工最多的时候多少人?

队长: 不止200人。八九十年代都是大件, 三四十人以上一件件往山上抬, 前头必须有人拉纤。

我: 州上山上盖庙的房比, 还有石头往上抬也得拉纤吗?

队长: 石头就地取材, 不用往山上抬。大木头得抬, 要是十米个人抬不用拉纤。历史上拉纤人用得最多的，还得属我们那个时候。从英国进口的大锅炉，烧柴油的，100多人抬上去，整整抬了三天。

主人： 我指挥过一次抬大件，3200斤，走云步桥最难，那么多挑山工，向左向右，步调一致，气势非常壮观。

队长： 那时一切全靠人力。

我： 他们的收入呢？

主人： 2000年修索道时，一天从山底到山顶15元钱。

我： 现在？

队长： 现在一天200块，但不是天天挑，一个月20天吧，比以前强多了。

我： 可是队长——我坦率跟你说，刚才看到挑山工吃饭休息的那间屋，心里特别不落忍，觉得我们城里生活那么好，自己所敬佩的挑山工的生活竟是这样，心里难过。他们付出的不比我们小，我们应该帮助他们。

队长： 我觉得自己这个当队长的心里有愧，这么多年一直改善不了，能有个伙房就好了。挑活儿再苦再累，回来有口饭吃，不用自己烧饭，现在还是自己做。有的挑夫来一看这环境，住这个棚，就走了。有个地方，条件比这儿强，但离这儿二里多地，远了，中午回来不愿意再跑到那儿休息，就近找个隐蔽的地方能睡下来就行。住在这个棚里，冬天那个火真太危险了。那个风"呜呜"的，跟个老虎似的。

主人： 将来能达到你现在住的那个水平就行，很豪华。

队长： 哎呀，豪华倒是不豪华。我年年写申请改善挑夫住处，一直批不下来，我对不起挑山工，有时聊起来就想掉泪。我愿意用自己的钱给他们盖个屋。

主人：你这儿属于个体经营，相当于山上搞小买卖的，不算是一个单位。现在泰山上建房子有严格限制，原先没有的建筑，除非古建，一间也不准再盖。

我：是否可以改造一下工棚呢？

主人：现在的石头棚也是不合法的。这里边有个矛盾，如果把他们挪到偏僻一点隐蔽一点，他们就会嫌不方便。如果对现在这个地方改造，加上围墙，必须省里批。现在的工棚不是正式建筑，等于新建住房。在世界文化遗产里面不准许，不会得到批准。

我：队长，你至少可以先实际地改善一下他们的生活条件。吃饭的条件，休息和居住的条件，新盖房子难，改善一下总还可以。无论历史还是今天，泰山有这样美好的人文，挑山工是有功的，要爱惜他们，不能对不起他们，屈待他们。何况他们可能是最后一批挑山工了。不能叫他们是最后被穷困逼出历史舞台、逼出泰山的。

中天门货站

游客为感谢挑山工的救助而赠送的锦旗

由始至今挑山工一直住在这种"石头棚"里

挑山工队办公室

3· 中年挑山工口述

导语

对山上的挑山工的口述，是在中天门索道的运营站里。所见到的挑山工使我"耳目一新"，尤其是韩士礼，他与我见过的挑山工都不一样，身穿一件有花纹的毛衣，头扣一顶短檐的迷彩帽。他个子不高，活力外在，爱说话，喜欢表达，了解山外的社会，有自己的思考，连网上的信息也关注。这些在下边的口述中都能鲜明地表达出来。对他口述调查时，我不觉心头一动：他是新一代挑山工的代表人物吗？

然而，他又说他是泰山最年轻的挑山工，已经45岁，再没有更年轻的人来干挑山工，他自己的儿子在上学，将来也不会再干这种苦行僧般的差事。历史将把这个韩士礼化为一个句号吗？

可是，他们又一致地说，照泰山的实际状

况，在这样的地势错综复杂的大山里，没有人力搬运、没有挑山工是不可能的。那么，挑山工将何去何从？

　　这便是我在山上做口述时心里最关切的问题。

口述者

挑丙
（韩士礼，45岁，中天门挑山工，济南市长清区张夏镇西叶老村人）

挑丁
（赵平地，50岁，南天门挑山工，泰安市岱岳区黄前镇谷家泉村人）

队长
（赵平江，中天门泰山挑山工队队长）

主人
（泰山景区管理者）

正文

队长：自泰山有了索道，挑山工山上用什么货物，不用再从山底挑到山顶，改从中天门走十八盘，上南天门。

我：比起以前，你们现在挑一半路了。好，咱们先聊聊你们现在的活儿怎样干——说说你们现在走几条路线？

主人：一条道是从山下边用汽车把货物拉到中天门，再往各处挑，也往山顶送。还有一条道，山下桃花源有个货运索道，可以把货物一直运到山顶，卸在天街北头，然后从那里往各个地方分发。所以，山上的挑山工是两拨人，一拨在山顶，这拨人不走十八盘，只在山顶上干活儿。一拨人专走大盘，从中天门上十八盘到山顶。

我：山上这么多景点，吃喝用加上买卖的东西很多，都靠你们送吗？

队长：他（挑丁）就是山顶上的那一拨。不走大盘，专门搞山顶货物的倒运和分送。

挑丁：哪儿需要我们就往哪儿送。公家的，转播站、宾馆、碧霞祠都送。

队长：不论山上山下，各景点各单位只要有货要运，有东西要挑，就和我们队里联系，我们就派人去接货送们 们们挑活儿的今天可能送到南院们，明天可能送南天门，每个人每天的路线不一样，收入不一样，按路程算费，在山这边 个价钱，拐到山那边就另一个价钱了。

我：你（挑丙）大名怎么称呼？

挑丙：韩士礼，我45岁，成家了。网上有个纪录片《云上的人》就看见了。

我：哦，都上网了，名人了。你干了多少年了？

挑丙：二十多年？

我：多大岁数开始干？

挑丙：二十吧。

我：你是当地人吗？

队长：他家是张夏镇西叶村。

挑丙：就在桃花源那边，好天的话，站在山上就能看到了。

我：你最初来干挑山，就是找的这位赵队长吧？

队长：他一开始就到我这儿来。他老哥韩士英、韩士照、韩士栋在这儿挑的时间长，现在都六七十、七八十了，都是他老哥。

我：你这儿还在"挑山"岁数最大的多大？

队长：六十三，王忠。

我：你头一次挑多少？

队长：和军训一样，肩膀疼腰疼腿肚子疼，受不了了，跟军训一样，必须过头一个星期。

挑丙：开头挑90斤，走得快，技术掌握不了，腿就不行了。

我：你是山里人，不也总挑挑儿吗？

挑丙：在家里挑粪，走山道熟，没盘道，都是斜坡，不像咱这儿，这个台阶就不行了，抬腿不一样，家里斜坡抬五六公分，这儿台阶抬十八九公分；使的劲儿也不一样。

我：这中间有没有想不干的时候？

挑丙：有过，可是这个活儿自由。

我：我昨天听两位老挑山工也这么说。还有什么时候，叫你觉得快乐、高兴？

队长：开工资的时候。

挑丙：我觉得一天天都行。咱泰山这个自然环境好，游客都带着笑脸，跟医院里不一样，旅游业就是这样呵。

我：在路上有人和你说话吗？

挑丙：游客是有文化的。就说"挑山工是泰山一道亮丽的风景线"。有的说"你们真伟大"，还有的说："这才真是爷们儿呢！"我们挺自豪的。

我：你愿意人家跟你合影吗？

挑丙：好多好多，一般照相有点侵犯别人的肖像权，可我不介意。尤其是暑假时候，有的女同志专门带着孩子来，就是来看我们，想和我们合影。

主人：就是因为读了冯先生的《挑山工》，你知道吗？

挑丙：我听说过，有人说是小学学过的，有人说"这不是书本上学过的《挑山工》吗"，有的说"是，就是"，你那个小时候课本上的教材，我们是活生生的挑山工。

我：再问问你，刚才你说泰山的自然环境好，从山下到山上你喜欢哪个地方？

挑丙：喜欢的不一样。比方我回家住些天再回来的时候，一进红门一个心境，到朝阳洞那块一个心境，再到南天门又一个心境。境界不一样，人的心情感受也不一样。

我：说得真好。你上学上到几年级？

队长：他念到初中。他平时好学习，游客扔的报纸，他都捡回来看。

我：有几个孩子？

挑丙：一个男孩，上高中，十七了。

我：他不会干你这个活儿吧，念了书就学别的去了。

挑丙：现这个行业正好是年轻的不干，老的干不了，我们正好在中间。

我：你想过一直干到老吗？

挑丙：干什么都有个度，身体好时多挑点，不好时少挑点。现在回家待一段时候还真不行，想回来，可是回来马上干也不行。在家里人放松，就得把自己紧起来才行。我想我还再干20年吧，到六十五。现在体重135斤，身体还够棒。

我：你们干"挑山"的胸肌好像不发达。

挑丙：我们的腿结实，腿肚子最发达；还一个，老百姓说的肩胛台子，有个疙瘩；再就是两个肩膀。

我：都是挑挑儿使劲儿的地方。我摸摸你腿肚子。哎哟，这么硬，像块大鹅卵石。你登台阶时哪儿着地？

挑丙: 脚尖着地, 人和扁担都跟着有个颤悠劲儿。

我: 所以你的肌肉不是硬劲儿, 是韧劲儿。下山呢?

挑丙: 下山更是脚尖着地, 要不蹾腿肚子, 所以我们下山特别快, 脚尖一着地人就过去了。

主人: 昨天那老挑山工说, 要没技巧, 肯定会崴脚扭腿, 坏了膝关节。

挑丙: 登台阶时要始终掌握着膝盖的感觉。如果不舒服, 就得慢。

队长: 他们走 "之" 字就是侧上, 不是直上。

挑丙: 那个力就不集中在膝盖上。

我: 这样一来你们的东西就必须摽紧吧?

挑丙: 是呵, 不能晃。

主人: 有两种方式。上台阶, 货物绑在扁担上比较合适, 如果走斜坡或平道, 直接挑比较方便。

我: 我想问你一个将来的问题, 你希望看到一个更年轻的挑山工吗?

挑丙: 如果泰山没有挑山工, 有一件事就很麻烦。

我: 哪件事?

挑丙: 比方旅客发病、摔伤, 甚至老人走不动了, 就得咱们把他们抬下来。咱能不管吗? 泰山能没有咱们吗?

我: 噢, 你把自己和泰山连在一起了, 泰山真的不能没有你们。泰山得想法把你们留住才是。

泰山挑山工

泰山挑山工

挑山工在往扁担上"摞"货

收入《挑山工》的课本

与韩士礼互留通讯地址

"我摸摸你的腿肚子"

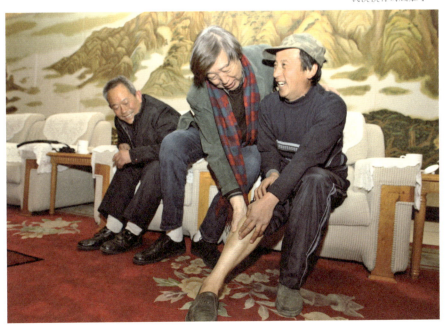

"在天街上再留一张影"

与中天门挑山工队的挑山工们合影留念

文字泰山

1·挑山工

一

你见过泰山的挑山工吗？这是种很奇特的人！

不知别处对这种运货上山的民夫怎样称呼。这儿习惯叫作挑山工。单从"挑山"二字，就可以体会出这种工作非凡的艰辛。肩挑着百十斤的重物，从山下直挑到烟云缭绕、鸟儿都难飞得上去的山顶，谁敢一试？更何况，这被誉为"五岳之首"的泰山，自有其巍巍而不可征服的威势。从山根直至极顶处，一条道儿，全是高高的石头台阶，简直就是一架直上直下的万丈天梯。在通向南天门的十八盘道上，那些游山来的健壮的男儿，也不免气喘吁吁；一般人更是精疲力竭，抓着道旁的铁栏，把身子一点点往上移。每爬上十来磴台阶，就要停下来歇一歇。只有这时，你碰到一个挑山工——他给重重的挑儿压塌了腰，汗水湿透衣衫，两条腿上的肌鼓鼓的都清晰地凸现在外，默不作声，一步一步，吃力又坚韧地走过你身旁，登了上去。你那才算是约略知道"挑山"二字的滋味……

挑山工，大概自古就有。山头那些千年古刹所用的一切建筑材料，都是从山下运上来的。你瞧着这些构造宏伟的古建筑上巨大的梁柱础石、沉重的铜砖铁瓦，再低头俯望一条灰白的山路，如同一根细绳，蜿蜒曲折，没入茫茫的谷底。你就会联想到，当年为了建造这些庙宇寺观，为了这壮观的美，挑山工们付出了怎样艰巨和惊人的劳动！

我少时来游泰山，山顶上还有三四十户人家，家中的男人大多是挑山工，给山上的国营招待所运送食品货物以为生计。清早，他们拿了扁担绳索，带着晨风晓露下山去，后晌随着一片暮云夕阳，把货物挑上山来。星光烁烁时，家家都开夜店，留宿在山头住一夜而打算转天早起观瞻日出的游人，收费却比国营招待所低廉。他们的屋子是石头垒的。山上风大，小屋都横竖卧在山道两旁的凹处，屋顶与道面一般平。屋里边简陋得几乎什么也没有，用来招待客人的，只有一条脏被和热开水。为了招待主顾，各家门首还挂着一个小幌牌，写着店名。有的叫"棒棰店"，就在木牌两边挂一对小木棒棰；有的叫"勺儿店"，便挂一对乌黑的小生铁勺儿；下边拴些红布穗子，随风摇摆，叮当轻响。不过，你在这店里睡不好觉。劳累了一天的挑山工和客人们睡在一张炕上。他们要整整打上一夜松涛般呼呼作响的鼾……

在这些小石屋中间，摆着一件非常稀罕的东西。远看一人多高，颜色发黑，又圆又粗，两个人才能合抱过来。上边缀满繁密而细碎的光点，熠熠闪烁。好像一块巨型的金星石。近处一看，原来是一口特大的水缸，缸身满是裂缝，那些光点竟是数不清的连合破缝的锔子，估计总有一两千个，颇令人诧异。我问过山民，才知道，山顶没有泉眼，缺水吃，山民们用这口缸储存雨水。为什么打了这么多锔子呢？据说，三百多年前，山上住着一百多户人家。每天人们要到半山间去取水，很辛苦。一年，从这些人家中，长足了八个膀大腰圆、力气十足的小伙子。大家合计一下，在山下的泰安城里买了这口大缸。由这八个小伙子出力，整整用了七七四十九天，才把大缸抬到山顶。以后，山上人家愈来愈少，再也不能凑齐那样八个健儿，抬一口新缸来。每次缸裂了，便到山下请上来一位锔缸的工匠，锔上裂缝。天长日久，就成了这样子。

听了这故事，你就不会再抱怨山顶饭菜价钱的昂贵。山上烧饭用的煤，也是一块块挑上来的呀！

二

在泰山上，随处都可以碰到挑山工。他们肩上架一根光溜溜的扁担，两端翘起处，垂下几根绳子，拴挂着沉甸甸的物品。登山时，他们的一条胳膊搭在扁担上，另一条胳膊垂着，伴随登踏的步子有节奏地一甩一甩，以保持身体平衡。他们的路线是折尺形的——先从台阶的一端起步，斜行向上，登上七八级台阶，就到了台阶的另一端；便转过身子，反方向斜行，到一端再转回来，一曲一折向上登。每次转身，扁担都要换一次肩，这样才能使垂挂在扁担前头的东西不碰在台阶的边沿上，也为了省力。担了重物，照一般登山那样直上直下，膝头是受不住的。但路线曲折，就使路程加长。挑山工登一次山，大约多于游人们路程的一倍！

你来游山，一路上观赏着山道两旁的奇峰异石、巉岩绝壁、参天古木、飞烟流泉，心情喜悦，步子兴冲冲。可是当你走过这些肩挑重物的挑山工的身旁时，你会禁不住用一种同情的目光，注视他们一眼。你会因为自己身无负载而倍觉轻松，反过来，又为他们感到吃力和劳苦，心中生出一种负疚似的情感……而他们呢？默默的，不动声色，也不同游人搭话——除非向你问问时间。一步步慢吞吞地走自己的路。任你怎样嬉叫闹喊，也不会惊动他们。他们却总用一种缓慢又平均的速度向上登，很少停歇。脚底板在石阶上发出坚实有力的嚓嚓声。在他们走过之处，常常会留下零零落落的汗水的滴痕……

奇怪的是，挑山工的速度并不比你慢。你从他们身边轻快地超越过去，自觉把他们甩在后边很远。可是，你在什么地方饱览四外雄美的山色，或在道边诵读与抄录凿刻在石壁上的爬满青苔的古人的题句，或在喧闹的溪流前洗脸濯足，他们就会在你身旁慢吞吞、不声不响地走过去，悄悄地超过了你。等你发现他走在你的前头时，会吃一惊，茫然不解，以为他们是像仙人那样腾云驾雾赶上来的。

有一次，我同儿个画友去泰山写生，就遇到过这种情况。我们在山下的斗母宫前买登山用的青竹杖时，遇到一个挑山工。矮个子，脸儿黑生生，眉毛很浓，大约四十来岁；敞开的白土布褂子中间露出鲜红的背心。他扁担一头拴着几张黄木凳子，另一头捆着五六个青皮西瓜。我们很快就越过他去。可是到了回马岭那条陡直的山道前，我们累了，舒开身子，躺在一块平平的被山风吹得干干净净的大石头上歇歇脚，这当儿，竟发现那挑山工就坐在对面的草茵上抽着烟。随后，我们差不多同时起程，很快就把他甩在身后，直到看不见。但当我爬上半山的五松亭时，却见他正在那株姿态奇特的古松下整理他的挑儿。褂子脱掉，现出黑黝黝、健美的肌肉和红背心。我颇感惊异。走过去假装问道，让支烟，跟着便没话找话，和他攀谈起来。这山民倒不拘束，挺爱说话。他告诉我，他家住在山脚下，天天挑货上山。一年四季，一天一个来回。他干了近二十年。然后他说："您看俺个子小吗？干挑山工的，长年给扁担压得长不高，都是矮粗。像您这样的高个儿干了不这种活儿。走起来，晃晃悠悠哪！"

他逗趣似的一抬浓眉，咧开嘴笑了，露出皓白的牙齿。山民们喝泉水，牙齿都很白。

这么一来，谈话更随便些，我便把心中那个不解之谜说出来：

"我看你们走得很慢，怎么反而常常跑到我们前边来了呢？你们有什么近道儿吗？"

他听了，黑生生的脸上显出一丝得意之色。他吸一口烟，吐出来，好像做了一点思考，才说：

"俺们哪里有近道，还不和你们是一条道？你们是走得快，可你们在路上东看西看，玩玩闹闹，总停下来呗！俺们跟你们不一样。不能像你们在路上那么随便，高兴怎么就怎么。一步踩不实不行，停停住住更不行。那样，两天也到不了山顶。就得一个劲儿总往前走。别看俺们慢，走长了就跑到你们前边去了。瞧，是不是这个理儿？"

我笑吟吟，心悦诚服地点着头。我感到这山民的几句话里，似乎包蕴着一种意味深长的哲理，一种切实而朴素的思想。我来不及细细嚼味，做些引申，他就担起挑儿起程了。在前边的山道上，在我流连山色之时，他还是悄悄超过了我，提前到达山顶。我在极顶的小卖部门前碰见他，他正在那里交货。我们的目光相遇时，他略表相识地点头一笑，好像对我说：

"瞧，俺可又跑到你的前头来了！"

我自泰山返回家后，就画了一幅画——在陡直而似乎没有尽头的山道上，一个穿红背心的挑山工给肩头的重物压弯了腰，却一步步、不声不响、坚韧地向上登攀。多年来，这幅画一直挂在我的书桌前，不肯换掉，因为我需要它……

注：
散文《挑山工》原文为两节，选入课本时只采用第二节；这里为全文。

斗母宫的青竹杖

天街旧照（1956）

2·《十八盘图》题记

十多年前初春，与几位画友同登泰山。清晨，由山根岱宗坊起步。其时，风露湿衣，岚霭弥漫，淹没群峰；虚幻迷离间，巨石树木，近浓远淡，层层耸立；山寂谷静，唯淙淙溪流，隐约可闻，却不知潺潺于何处也。或有山鸟，偶发异叫，翅翼闪动，掠目而过，也不得辨认此乃何鸟也。我等一路登山，时亦摹写景物。赤日徐升，大雾渐散。晌午过中天门、御帐屏、五松亭，至朝阳洞。体疲力乏，以为将至山顶。忽仰见一条灰白陡峭山道，酷似万丈云梯，直通南天门。南天门朱墙青顶，如在半天中。两旁奇峰万仞，参差并列，大石侧立，危崖巉岩，高不可攀也；绝巘处皆古松，或屈，或伸，或仰，或俯，千姿万态，神采雄健，若守护天门左右两排执刀仗剑之武士。由此方知泰山名为"五岳独尊"，果不虚传。天下几山，有此威严壮观气势？我问过路山民，山民谓此段山路为"十八盘"，民谚"紧十八，慢十八，紧紧慢慢又十八"。闻此语，一时不明其意何在。

我等于山间小店各购竹杖一杆，背负画夹，拾阶而上。行入十八盘，才知道路难。

山道皆高高石磴。时陡时缓，陡处如登梯，缓处难喘息，千曲百折，宛转萦回，行至对松亭处，双腿疲软不堪矣！此处距天门尚远，山道愈加陡直，我等坐于山道间，一时有畏难之感。此间，忽见四位老妇，迎面下山而来。右手拄一杆溜光枣木杖，左手持一枝迎春花，紫杖黄花，白发红颜，颇为悦目。问过乃知，此四位老妇年长者八十有余，年纪轻者亦近七十，皆山下百姓，每年春日登山。我等惊讶万状，询问登山之苦，老妇笑而不答，款款而去，似乎不屑于一答，此中却有道理含匿其中，我等或有所悟，不约而同，直腿而起，于对松亭内各作诗一首，互相激励，我亦赋得一绝：

> 已克十万八千阶，
>
> 天门犹在半天中。
>
> 好汉不做回步计，
>
> 直上苍穹索清风。

于是大家精神勃发，力气倍增，你响我应，终于攀过十八盘，立南天门于足下。饱览四处群山，风光尽收眼底，畅快之情不尽，举杖欢呼，并放声为歌也。

自泰山归来后，山中胜景渐渐淡忘，唯登十八盘心情记忆犹新，因作一图，名曰《十八盘图》。

《少年文史报》创刊，可庆可贺。奉上此图，并作小记，赠予少年读者，意在：

世上万事多艰难，

难中各有十八盘。

任它千折又百回，

奋力不止向上攀。

通往南天门的山道，
曲折往复，
登之艰难，
俗称"十八盘"

3 · 泰山题刻记

　　岱宗为天下名山，古迹颇多，游人不绝。山中题刻甚富。此山多石，石色苍黛，其表光滑。古人游山，见景生情，即扫却石壁上青苔浮土，题诗于上！更有好事者雇请石匠依笔迹而凿刻，或诗、或赋、或格言、或铭文，其中不乏佳句。后来游者诵读之，每被激发情致，引动幽思，感受入深矣！而题壁古人，多为书家，真草篆隶，各扬其长；凿刻者亦皆名匠，锋毫劲势，绝少遗漏。凹刻处填朱描蓝，与四外青山绿树，烟影流光，交相辉映，别具古雅神色。况其历时久远，风剥雨蚀，苔迹斑驳，清晰如新者少，漫漶不清者多；或悬挂绝壁，或藏匿丛林；字小如拳，字大如屋。偶于峰回路转，烟霭飘过，泉声响处，一块题壁昭然现出，为此巍巍大山平添万千风采。

　　余游泰山数次。每逢题刻，则驻足默读，赏玩原意。所见妙语佳句，必录于纸上。山中题刻何止千处，唯三处长记不忘——

一处于山根红门处。道旁耸立一石，其状如碑，镌刻二字，浑圆朴厚，曰"初步"。意为至此不过千里行程第一步。而初登岱者，每至此，微喘薄汗，始觉疲软，一见这二字，便知山顶高远矣！自然不敢将登山当作儿戏，个个暗下决心，蓄足气力，此乃攀高之本也。

二处即在南天门右旁石壁上，亦四字，曰"果然似我"。此句未有署款，不知何人所题，乍看此句，以为题者乃一狂徒，以泰山自喻，未免狂妄过甚。细想之后，却觉题者气魄超人。力克十八盘，立足天门上，倘有此豪气，此必壮士也。况且游者见此题句，一笑过后，也觉胸中大气回荡，畅快无限。古人是非，何必多论，只道是：狂气不可有，豪气不可无。

第三处在岱顶。山顶多立石，如天柱之根。一石多面，面面有题句。余于一块半尺石块上，得见五个小字。一看便知出自今人之手，字迹新白，却非凿刻，乃用利器刻画。此五字曰"山高人更高"。泰山虽高，五岳独尊，人登巅头，即在山上。世间万事艰难，如攀高峰，踏上峰顶，即可获得这般境界。不知此句谁人所为，令余钦服不已。

泰山题刻无穷尽，发人感慨万端。他人或别有所感，另撰一篇亦可。

泰山无处无题刻

这四个字题刻于南天门前右侧石壁上（1915）

4·傲徕峰的启示

我早就耳闻泰山有座奇峰，人称傲徕峰，颇能入画。传说，在去之已矣的遥远年代，有位名叫傲徕的神仙，天性孤傲，世上几乎没有一件能值得他瞥一眼的东西。一次他偶过泰山脚下，见到泰山这般巍峨壮观，颇不服气，遂立地化作一座百丈高山，但仅仅齐到泰山腰下，于是他口中念一声："长！"又长高一丈，最多只在泰山腰处。他不觉大怒，连喝两声："长！长！"又长高二百丈，不过齐到泰山的胸前而已。但他力气用尽，不能长高，也不能行动，只有待在这里。千万年，眼巴巴瞧着泰山安然稳重地耸立在自己面前，无可奈何，但他那股傲岸的气焰犹存。凡到泰山作画的人，都要看看傲徕峰，从这妒贤嫉能、过分自负的象征物上，领略些山峰险峻峭拔之势。

头次登泰山，我就记着这件事，非要看看它不可。我由于从南路上山，走了一程，方知它在西路上，与五贤祠、冯玉祥墓、长寿桥、扇子崖等处于一线。看来只有从岱顶返回来后再去看它了！

攀至南天门，我爬上天门左边一个浑圆

光洁、寸草不生的山头，俯瞰山下景物时，远远看见有座极其瘦峭的山峰沉在下边。山民说，这就是傲徕峰。这可使我大失所望！看上去，它至多不过是一块巨石而已，瘦棱棱戳立在谷底；又好像从谷底升起的一股灰紫色的烟缕，升得不高便凝固了，成了这副窝窝囊囊的模样。它丝毫不像传说中的那样子，也激不起我作画的兴趣和欲望来！

仁立泰山之巍，环顾四外，大地上还有什么能超过泰山的？只有头顶上空洞无垠的天空、轻飘飘的云彩和朝起暮落的太阳吧！鸟儿都不敢飞上来！

傲徕峰，不过像巨人脚边一个矮小而不起眼的侏儒罢了。算了吧！傲徕峰，你不过徒有虚名！

但是转过两天，我却意外地遇到另外一番景象——那天清晨，乘着天气和阳光都格外好，我背负画夹，只身在西路寻找能够入画的景物。人说，扇子崖一带没有古刹名寺、亭台楼阁，却到处乱石纵横，杂木横斜，颇多野趣。对于我这种在城市生活久了的人，野趣是有特殊魅力的。我匆匆过了长寿桥，直奔扇子崖。越过一片片蓬草齐腰、坑坑绊绊的丘陵，跨过几道喷云吐雾、晦暗悄怆的峡谷，带着一身露水和野蒺藜，刚刚钻出谷口，顿觉天地大亮，面前竖着一座大山，我仰头一望，目光沿着一块万丈石壁向上望去，好像没有尽头，一直摩云钻天；它的峰顶真的在云彩里吗？好一座峭拔奇兀的山峰！它不比泰山逊色吧！碰巧，这时从旁走来一位肩柴背斧、臂挽绳索的樵夫，问过方知，原来它就是傲徕峰呀！噢？噢！傲徕峰原来又是这个样子!

当我登上右旁一座小山时,可算见到它的全貌、它的真面目了! 简直是一块顶天立地的巨石,下撑地,上扪天,可谓天柱。石上满是 巨大而横斜的裂缝,到处披挂着枝枝蔓蔓,蒙络摇缀,裂缝里生出许 多古松古柏,盘根错节,苍劲多姿。低处郁郁葱葱,高处迷离模糊, 层层叠叠,仪态万方。它又极有气势,拔地而起,冲天而去,巅头稍稍 扭斜,分明带着一股傲岸之气。泰山南天门在它的后边很远的地方, 中间隔着一阵阵流动而明灭的云烟,猛一看,它似乎比泰山还高哪! 由此可知,关于傲徕峰的传说极是贴切。瞧它,真美、真险、真神气! 看到它,甚至觉得自己也生出一种自负感! 我看过无数名山大岭,却 从来未有过这种感觉! 好一股充满自信又自命不凡的劲头,这才叫作 "名不虚传"呢! 于是我面对它,急忙打开画夹,铺纸,调颜料,确认 它的特征与神态……这时一个问号跳进我的脑袋里:为什么我在泰 山顶上看它时就无此感受呢? 为什么两处所得到的感觉竟然截然不 同? 这是由于观察角度的变化吗?

是的,许多事物都是这样——在某个角度里,它可能黯淡和平 庸;换一个角度,它的所有特征、所有美、所有光彩,一下子都能 焕发出来。

摄影师在他拍摄对象面前,一会儿蹲下来,一会儿扭斜身子, 他寻找什么呢? 角度,合适的角度!

角度不同,你所看到的、感到的、获取到的、发现到的,就会 全然不同。

　　为什么同样一个事件，有人能写出催人泪下的悲剧，有人能写出令人捧腹的喜剧？生活是个最复杂的混合体，就看你从哪个角度观察和感受它了。不同作家，由于经历、身份、地位、气质、信仰和观念的不同，观察生活（包括人）的角度必然不同。有人喜欢表现强者，有人的目光总盯在小百姓身上；有人视觉开阔，喜欢在生活中抓住最鲜明有力的粗线条；有人则用心良苦，细细透入对方的内心加以体味。角度往往也是作家风格的一个重要方面。

　　托尔斯泰好像坐在乌拉尔山的山头，俯瞰大地；巴尔扎克却像整天在巴黎的千家万户中间穿梭不已；陀思妥耶夫斯基则躲在一个阴影遮蔽的角落里看世界。换种方式说，巧合最能引起欧·亨利的写作欲；小人物的悲哀、自尊、真挚、委屈，最容易打动契诃夫的心；如果生活和历史不在雨果的头脑里凝聚成深刻的哲理，化为形象，他几乎就没有创作冲动……

　　世界上的角度千千万万。爱是一种角度，恨也是一种角度，同情是一种角度，卑视也是一种角度。然而对于作家，热爱生活却是共同的角度。陀思妥耶夫斯基对生活表现出的淡漠，恰恰是他对向往又无望的生活一种过度的情感；正如有时"恨"才是最有力的"爱"。

　　为什么人家在某些角度给你拍摄的照片，你也会感到不像？这表明，角度中包含着真实感。

　　有一部美国反战影片。在摄取一队即将开往前线送死的新兵时，镜头是透过伤员的一条腿和一支拐中间拍的。这角度中就凝结着编导者的思想。

从铁窗和从帆索中看到的蓝天是不一样的。一艘迎面开来的船和一艘离岸远去的船，便是不同的两句诗。角度中有内容，有情绪，当然还有格调、气氛、意境等等。观察生活要找角度，表现生活也要找角度。

看上去，罗贯中写《三国演义》是面面俱到，写尽天下诸侯列强。其实他牢牢抓住蜀国的兴衰为着眼点，而写蜀国又抓住诸葛亮的一生成败为立脚点。因此《三国演义》很容易被改写为一部《诸葛亮传》。这样，小说便繁而不乱，庞而不杂，有条不紊，广阔浩瀚而又具体翔实。作家有了立脚点和着眼点这个确定的角度，才好去写刘表，写曹操，写张鲁，再写吕布，写天下群雄。有人称这叫"俯瞰法"，一种居高临下的角度。古典作品大多用这种方法，也算是一种传统写法吧！

当小说从纯故事中脱出身来，作家们则开始注重多种角度。比如契诃夫的《葛里夏》，他把自己当作一个两岁的孩子。用这孩子的眼睛——重要的是以这孩子特有的感受来写周围生活。一切事物都美妙而可爱地变了形；平凡的生活也变得神秘莫解，显出迷人的魅力。契诃夫的另一篇有名的小说《卡西唐卡》，则是从一只狗的角度出发。即以狗的自我感受，写它如何不巧迷路丢掉了，如何流浪和受马戏班老板的捉弄，最后又如何找到了亲爱的主人。作家以狗的感觉描写生活，很不容易，也必然带有人格化。从而使读者把这只狗的遭遇与人生联系在一起，直接受到打动。屠格涅夫的《木木》、杰克·伦敦的《荒野的呼唤》、莫泊桑的《菲菲小姐》，以及《白比姆黑耳朵》等，都是写狗的小说，同样感人，却毫无重复之处。这不单是故事内容的区别，也与作家所采取的不同表现角度有关。

如果伏尼契不是从亚瑟——牛虻这一人物的命运的角度来写，小说就难以收到这样打动人心的力量。大多数作家总是愿意站在他所同情的人物的一边来写生活的。生活中的种种人和事大多是通过这个人物的感受传递给读者，这个人物的思想感情就会饱满而充实。读者也会不知不觉地站在这个人物的一边，同时自然而然地接受了作者的观点和倾向。

如果换了一个角度呢？像梅里美的《卡尔曼》那样，作家不是从主要人物卡尔曼的角度来写的，而是从那个偶然与卡尔曼相逢而发生恋情的霍桑的角度来写。通过霍桑的眼睛，卡尔曼表演出一连串刚烈、刺激、突如其来、难以理解的行为，逐渐完成了这个酷爱自由、本性难移的吉卜赛姑娘的典型形象。倘若梅里美是从卡尔曼本人的角度来写的，形象就不会如此清晰完整。从人物本身出发，就会偏重于人物内心刻画；从旁人的角度来写这个人物，便会多于行动描写，并给人物身上留下许多空白。

选择角度，就是要从对象中更多地调动出自己所需要的内容。

小说演变到本世纪以来，一部分作家则更注重自己个人的角度。常常借助主人公的联想、思维、意识、情绪活动，展开人物的内心天地。大千世界也通过这面带有浓重主观色彩的内心镜子五光十色地反映出来。比如乔伊斯的《青年艺术家的画像》，就在那个虚构的艺术家达德格斯的意识银幕上全盘显现出乔伊斯本人对爱尔兰社会的理解。从这种"主观"角度写世界，世界感觉是什么样，表现出来就是什么样。它给人的感受则更为直觉真切。这是当前世界文学中某些作家常常使用的方式。

文学的角度是无穷的。就观察来说，对待一个人、一件事乃至整个社会，不同角度就会获得不同感受、理解和认识。就表现来说，对于任何特定的内容，则只有一个最适当和最有效的角度。仿佛一个画家，围着他的模特儿转来转去，最终会找到一个最佳的角度，能够充分地表现出这个模特儿的容貌和体态的特征。

一位生活感受十分丰富的作家，必须具有善于寻找各种角度的本领，他才能创造出色彩缤纷、互不雷同的作品。正如一位有才华的画家，根据不同内容，不断创造性地更新自己的构图，变换透视角度。如果某位作家有很多生动的人物和故事，却只有一个固定而单一的角度，他的作品就会愈写愈呆板。读者不仅不喜欢相同的内容，也不喜欢重复的形式。作品忌讳与别人雷同，也忌讳与自己雷同，那就需要作家的艺术思维灵活一些。苏东坡有一首名诗，无人不晓，即所谓：

横看成岭侧成峰，远近高低各不同。

不识庐山真面目，只缘身在此山中。

有一次，天下雪，我滑了一跤，趴在松软冰凉的新雪上，抬眼忽然看见许多脚，穿着各式各样的鞋子。有时髦的筒靴，有打补丁的旧皮鞋，有军用胶鞋，有大棉鞋，有小孩子的虎头鞋，还有一双鞋子，一只底儿薄，一只底儿厚，大概他腿有毛病；那些鞋头呢——有方鞋头、尖鞋头、圆鞋头、扁鞋头、大鞋头；有的鞋头朝我，有的却能看见鞋后跟；有的步子快，有的颤颤悠悠，有的则站着不动……咦！我好像进入一个奇妙的脚的世界，不觉痴呆了。有位好心人弯下腰来问我：

"你摔伤了吗？"

我才惊醒。并更为惊讶的是：原来摔了一跤，趴在地上，也能获得一个新奇的角度。

我笔下的傲徕峰

5. 进香

信徒的虔诚有时令人惊异莫解。精明练达往往顾虑重重，单一而偏执的虔诚却常常能创造奇迹。其实这奇迹是旁人这么看，本人未必以为是什么壮举才去做的。就像这些登上几千尺高山去进香拜佛的婆娘们——

一

登泰山者，有相当一些人是朝山拜佛的，自古如此。即便"十年动乱"间也是这样。那时，山间寺庙都闭门上锁，各处神佛塑像华都搬进山顶碧霞祠的正殿里。其中有释迦牟尼、如来、关帝、观音大士、土地爷，也有罗汉、韦驮和此地独有的岱神。千百年来这些神佛在各自的庙堂里主事，互不相识，如今拥挤一室，彼此陌生，又没人介绍，只好瞪着吃惊的眼睛面面相觑。可是这些上山求佛来的婆娘们却一一认得。她们进不得封闭的殿堂，就用手指尖悄悄捅开窗纸，挤着一只眼儿透过木棂，找到自己所寻求的佛爷。趁着那严厉的看管庙堂的人有事离开的当儿，赶紧拿出几根自制的草香，插在地面的砖缝里，趴下来，隔着上了黄铜大锁的庙门，给门内的诸神叩头。

这是那十年间，泰山上兴起的一种奇异的风俗。自古烧香拜佛，都得面对佛爷，哪有隔门拜佛的规矩？但门上的锁断然不能打开，虔诚的心意却锁不住、拦不断，照样能奉献到这些呆呆的佛爷跟前，虽然愚昧可笑，却显出这些无知的婆娘们的至诚之深。由此便知，世上最难约束的，乃是人心。歌儿不能唱在嘴上，依旧唱在心里，你什么也听不见，他正唱给自己听。

这叫作——无形的存在。

二

人说女人心慈，所以烧香拜佛的大都是婆娘们，尤其是些住在山沟，远隔世事的老婆婆。到泰山拜佛的人，近自山下方圆几十里的村落，远至数百里之外的德州一带。不论远近，仅仅从山脚起始攀登，及至山顶，也得跋涉二十余里山路，又多是回绕而陡峭的石阶。偏偏寺庙大都修筑在半山之上，就得使这些七老八十的小脚老婆婆们，千辛万苦爬上峰顶。我纳闷，当初这些修庙建寺的人，怎么没人替善心的老婆婆们想一想呢？有人告诉我，这正是要考验老婆婆们的诚心。不经过这千折百回、劳其筋骨的辛苦，怎能知其真假？佛爷向来不肯轻信于人的。不管这说法是不是笑话，反正至诚不二的老婆婆却执意这样做了，她们的虔诚与毅力不单会感动神灵，也常常感动那些不信神佛的年轻的游人，居然也跑到庙里装模作样地叩几个头。

这些老婆婆拜过佛爷，就打怀里摸出一个钱板，去到碧霞祠院内的御碑上磨一磨。据说把这钱板的边儿磨去，带回家，当中打个小孔，穿根红线绳套在孙儿的脖颈上，可以"长寿无边"。这由于钱板的边儿磨去了，取其"无边"之意，其实世上的事哪有无穷无尽的，不过图个吉利罢了。

拜过佛，磨过钱，老婆婆们心满意足，便折一枝山花，慢悠悠下山来。你登泰山时，只要见到老婆婆们手执一条花枝，乐滋滋走下山，不用问，一准就是朝山拜佛的。

每逢春至，风和景明，寂寂山谷中，常有三五婆娘结成伴儿，顺着那万丈天梯般的石阶山路，慢慢腾腾往上爬，或是走下来。她们穿得干干净净，头发梳得油光乌亮，神情郑重不阿；前前后后还跟着几个小姑娘，臂弯里挎一个蓝底白花的土布包袱，里边装着衣物干粮。婆娘们手拄的竹棍木杖，敲着石磴，声调清越，与四外的松涛、泉响、鸟鸣，合成谐美悦耳的乐音。她们这红颜、白发，以及每人手中一枝鲜黄的迎春花，在郁郁幽深的谷壑中分外招眼。

她们时走时停，有时还要坐在石阶上揉一揉酸胀的小脚，喘口气，等候步履略迟的同伴；或是打开包袱，拿出锅盖大焦黄的煎饼、翡翠般的大葱和香喷喷的酱罐，用这种地道的山东乡民的祖食，填饱在劳累中耗空了的饥肠饿肚。这时，你走上去，与她们搭讪，她们准是乐于与你攀谈的。她们一边掠一掠给汗粘在颊边的鬓发，一边弯起满脸深深的皱纹，龇着零落、歪斜、发黄的牙齿，笑呵呵告诉你：去年她们上山来请佛爷赐给每人一个孙儿，并许了愿，如果佛爷真的给她们孙儿，来年准来还愿；回家不久，儿媳们竟然都有了孕，当下胖大的孙儿早都抱在怀中。所以老婆婆们今儿特意翻山越岭还愿来了。

你听了，会被她们这质朴和虔诚所感染！你不但不会笑话老婆婆们愚昧无知，反而会敬重她们的纯真和信义。多可爱的老婆婆们！只要佛爷的话算数，她们再苦再累也不能说了不算。虔诚是圣洁美好的心境。于是，你就会诚心诚意向老婆婆们贺喜道福，让老人们满心欢喜地返回去！

三

在"文革"期间，社会空气沉闷肃杀的时候，我去泰山写生。攀过五松亭，见到松柏环抱里有一处石洞，洞口石壁凿刻三字：朝阳洞。洞内晦暗，隐隐飘出丝丝微蓝的烟缕。我猫腰钻进洞内，扑鼻而来是一阵浓浓好闻的烧香气味，一股庙堂的气息。透过弥漫洞中的香烟，渐渐看到洞内竖着一尊观音大士的石刻像，阴刻的线条遒劲流畅，一派静穆而慈悲的神态。洞顶乌黑，显然是给数百年来的香火熏灼所致。在这华夏文化荡涤一空的时代，居然有保存得如此完好的佛像，令我惊讶，刚要走近仔细观摩，突然呼喇喇在我身边站起几个人来。仔细一看，原来都是中年以上的乡村妇女。身穿蓝袄黑裤，鬓边各垂乌鸦翅膀那样一片头发，不知是哪个地方的打扮。她们个个显得尴尬又紧张，好像做了什么错事那样等待我发火似的。其中一个妇女正用脚蹴着什么东西。原来地上有一小撮土，上面插着几炷香，香头红亮，袅袅冒烟。她是想把香踢倒，用土掩盖。我马上明白，她们是来烧香的，并错把我当作山上大队的"造反"干部。当时到山上烧香是要给扣起来的。

我便犹豫了。我如果站在这里，她们肯定不敢烧香叩头；我如果走掉，她们便会疑心我去报告那些造反者来抓她们，反而会吓跑了。那么，她们千辛万苦来到这里，只为了在佛爷面前烧几炷香，叩几个头，祈求一点安慰，充实一些希望，不就全给我扰散，快快归去吗？我将无论怎么忏悔，也无法弥补这无意中的过失。这可真是进退两难……我和这些婆娘们都怔怔站着，不知所措。

忽然，一个极其聪明的办法钻进我的脑袋里。就像写作时来了灵感一样，马上就做。我上前，把地上那撮土拍好，将香插直，虽然我根本不信这些不存在的佛爷，却扑通一下跪下来给神像叩头。周围这几个婆娘先是一怔，跟着不约而同地扑跪在地，和我一起认真地叩头作揖。叩完头站起来，我们每人膝盖上都带着两大块黄土印子，面对面，不由得咧嘴露出十分快活的笑容。

她们快活，因为她们如愿以偿；我也快活，因为我觉得自己还算聪明。这聪明使我做了一件多么好的事啊！

碧霞元君像（1930）

《泰山道里记》里的碧霞宫

笔墨泰山

1·泰山速写

朝阳洞（速写　1976）

远望傲徕峰（速写 1976）

欢喜地下（速写　1976）

云过群山（速写 1976）

中天门上望山
76.4.27.

2·泰山写生册页

题名

题记

上世纪七十年代中期余在天津工艺美术工人大学任教国画山水，甲辰初秋带领学生赴泰山写生半月，下榻中天门一家小店；每日身背画夹，攀峰入谷，摩山写水，朝出夕归，得稿甚丰也，后两年缘此多有创作；两年后大地震，吾家房倒屋塌，存稿毁之殆尽，劫余无多。今观之，昔日登岱情景如在目前，由是装裱成册，题字数言，珍惜以往是也。

癸巳岁阑于沽上心居　骥才

朝阳洞 | 35×27cm

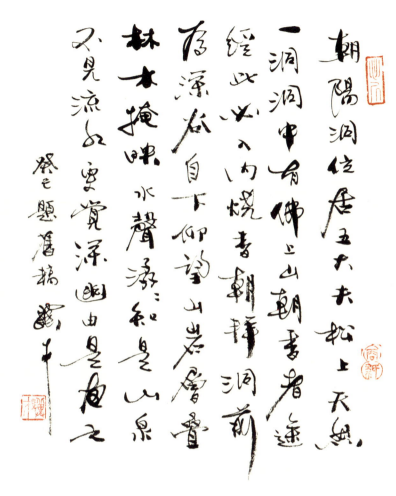

题记

朝阳洞位居五大夫松上，天然一洞，洞中有佛，上山朝香者途经此，必入内烧香朝拜。洞前为深谷，自下仰望，山岩层叠，林木掩映，水声潺潺，知是山泉，不见流水，更觉深幽，由是画之。

癸巳题旧稿　骥才

来即是述远文华又纍過也農事存者也 璋才

路上 | 35x27cm

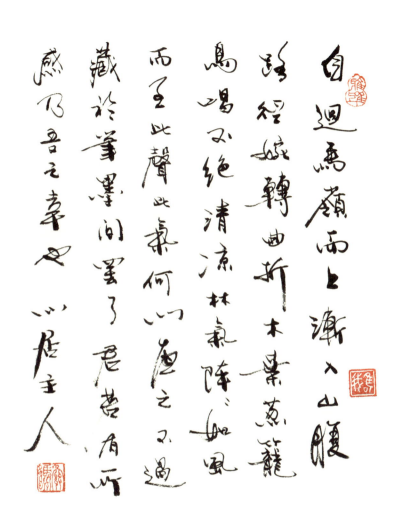

题记

自回马岭而上，渐入山腹，路径婉转曲折，木叶葱茏，鸟唱不绝，清凉林气阵阵如风而至，此声此气何以画之？不过藏于笔墨间罢了。君若有所感，乃吾之幸也。

心居主人

青上五松亭 36×27cm

题记

由中天门上五松亭，
山路如折尺，左尽而
右，右复向左，曲折
不已。路皆石磴，必
使膝力，举步维艰也。
然山景开阔，远山近
岩重重叠叠如画一般
变换不绝，处处诱我
展纸图之。此一段路，
作画甚多，此为其一，
乃是白描手稿也。
癸巳岁阑题于心居　骥才

山风 | 35×27cm

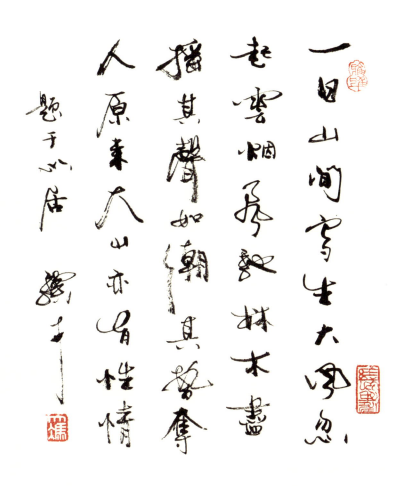

题记

一日山间写生，大
风忽起，云烟飞驰，
林木尽摇，其声如
潮，其势夺人。原
来大山亦有性情。
题于心居 骥才

老庙 | 35×27cm

题记

一日登山由小径斜入。石乱木杂，诱我心生探险寻幽之兴致，于是翻山越谷，忽见此小庙，门紧锁，无匾额，逾墙入内，空寥无人，殿中神佛俱倾毁，缘自『文革』毁佛之所为；然院内古木参天，垂藤若帘，残照西来，光影婆娑，别一番苍凉画境，由是图之。

骥才

题记

昔日登岱，进一天门，如出世外；过南天门，如到天外；入中天门，乃游仙境也。高山流水，奇峰怪木，钟鸣水乡，花开鸟唱，美妙之极也。这般情境只有在昔日画中寻了。

骥才记之

3·泰山画作

盘道｜120×67cm｜1998

挑山工 | 135×130cm | 1991

百丈泉 | 27×35cm | 1975

山间茶肆 | 61×44cm | 1983

《泰山挑山工图》| 134×67cm | 1998

后记

写书和编书，有时是为了了却一种心愿，比方这本书。现在我终于将自己几十年来关于泰山的诗文书画、人生故事，以及种种珍藏汇集一起，收入这本书中。至此我还是不明白编写此书最深的缘故。但其中有一种因由我还清楚，便是这座令我"仰止"的大山给我的东西实在太多太多。对于写作的人，放在书里比放在任何地方都最为稳妥。因而，此书完成，我遂心安，短言记之。

2014.3

图书在版编目（CIP）数据

泰山挑山工纪事（彩色珍藏本）/ 冯骥才 著. -- 北京：
作家出版社，2014.10

ISBN 978-7-5063-7578-8

Ⅰ．①泰… Ⅱ．①冯… Ⅲ．①散文集 – 中国 – 当代
Ⅳ．①I267

中国版本图书馆CIP数据核字（2014）第219680号

泰山挑山工纪事（彩色珍藏本）

作　　者：冯骥才
责任编辑：王宝生　韩　星
装帧设计：合和工作室 JOY+BONE
出版发行：作家出版社
社　　址：北京农展馆南里10号　　　　邮　　编：100125
电话传真：86-10-65930756（出版发行部）
　　　　　86-10-65004079（总编室）
　　　　　86-10-65015116（邮购部）
E-mail:zuojia@zuojia.net.cn
http://www.haozuojia.com（作家在线）
印　　刷：北京雅昌艺术印刷有限公司
成品尺寸：152×228
字　　数：110千
印　　张：10.5
版　　次：2014年10月第1版
印　　次：2014年10月第1次印刷
ISBN 978-7-5063-7578-8
定　　价：36.00元